Carola Gruber Alles an seinem Platz

Carola Gruber

Alles an seinem Platz

66 mögliche Geschichten

poetenladen

Erste Auflage 2008

ISBN 978-3-940691-06-4

Illustration und Umschlaggestaltung: Miriam Zedelius
Druck: Pöge Druck, Leipzig
Printed in Germany

Poetenladen, Blumenstraße 25, D-04155 Leipzig
www.poetenladen-der-verlag.de
www.poetenladen.de
verlag@poetenladen.de

1

Antiliste

Mit Stift und Papier eine bequeme Haltung einnehmen und eine halbe Stunde lang Dinge notieren, über die man gerne schreiben würde – ein Haltestellenhäuschen, dessen Dach mit Schnee bedeckt ist, etwas Unkenntliches, das im Wind davonfliegt, das Ticken einer Taschenuhr, einen Sandsturm, den Geruch eines frischgebackenen Apfelkuchens, ein Herbstblatt, durch das die Sonne scheint –, notieren, ohne abzusetzen, ohne zu begründen, dann abbrechen, die Liste betrachten. Sich verbieten, die genannten Dinge zu erwähnen. Losschreiben.

anknüpfend: → *2) Tagessätze* → *3) Backup* → *64) Trennungen*

2

Tagessätze

vorbereitend: → *1) Antiliste*

Jeden Tag um Mitternacht – besser: zwei Minuten davor – einen Satz schreiben, ohne abzusetzen, ohne auf orthografische, grammatikalische, inhaltliche Mängel zu achten, einfach einen Satz, der nicht im Voraus entworfen sein darf, sondern der in diesem Moment auftaucht, und wenn er lautet, dass kein Gedanke kommen will, dass die Blumen gegossen und die Kinder endlich ermahnt werden sollten, dass der Baum vor dem Fenster Schnee statt der Blätter trägt und gestern auch eine Plastiktüte, dass das Leben im Grunde erträglich ist, dass es nicht lohnt, das Auto reparieren zu lassen. Aufschreiben, Tag für Tag, um 23 Uhr 58. Gegebenenfalls einen Wecker stellen, aufstehen und schreiben, wie programmiert, einen Satz. Nicht abbrechen, nicht durchstreichen, nicht verbessern. Zwei Minuten schreiben, nicht länger, nicht kürzer, dann absetzen, selbst wenn der Satz noch

anknüpfend: → *18) Fünf mal fünf durch fünf* → *19) Fünf mal fünf durch fünf plus eins* → *25) Konsequent*

3
Backup

vorbereitend: → *1) Antiliste*

Notieren, woran man sich erinnert – den Geruch verbrannter Milch, das Blau einer Aktzeichnung Kirchners, das Wort *Dschandschawid*, das Gefühl von Gänsehaut in der Kniekehle, den Geschmack von Cornflakes, verschiedene Techniken, eine Krawatte zu binden, den Ton einer Bratsche, das Wissen darum, wie ein Kaugummi ausgewickelt wird, und darum, dass Zungen rot und Zähne weiß sind, die Textur der Seiten des ersten Schreibheftes, die Handlung des zuletzt gesehenen Kinofilms, des zuletzt gelesenen Romans, eine treffende Metapher, den Namen eines winzigen Handknochens, die botanische Bezeichnung für Löwenzahn –, alles, was man über die Welt weiß oder mutmaßt, was man selbst erlebt oder von anderen erzählt bekommen hat, aufschreiben, jede Information, jeden Wissensschnipsel mitsamt allen Unsicherheiten: vergessene Namen und unbestimmbare Jahreszahlen, widersprüchliche Amtsdaten, die undefinierbare Augenfarbe eines Großcousins mütterlicherseits. Die gesamte Welt reproduzieren.

anknüpfend: → *12) Alles an seinem Platz* → *16) Know-how* → *60) Was wäre, wenn …*

4

Jungbrunnen

Eine einfache Geschichte erzählen. Anschließend die gleiche Geschichte noch einmal erzählen, diesmal ein Element weglassen und ein neues hinzufügen. Die Übung wiederholen, von Mal zu Mal etwas weglassen, eine Figur, einen Ort, einen Beweggrund des Handelns und die Handlung selbst, und durch etwas anderes ersetzen, eine neue Figur, einen neuen Ort, einen neuen Beweggrund, schrittweise, wie ein Organismus, der frische Zellen aufbaut, während alte Zellen absterben. Sobald die Geschichte einmal vollständig erneuert ist, die neue Geschichte noch einmal erzählen, ein Element austauschend, und so weiter.

anknüpfend: → *5) Anorexie* → *31) Brücken* → *41) Gut und Böse*

5

Anorexie

vorbereitend: → *4) Jungbrunnen*

Eine einfache Geschichte erzählen. Anschließend die gleiche Geschichte noch einmal erzählen, diesmal ein Element weglassen. Die Übung wiederholen, von Mal zu Mal etwas weglassen, eine Figur, einen Ort, einen Beweggrund des Handelns und die Handlung selbst streichen, schrittweise, wie ein Organismus, dessen Zellen ersatzlos absterben.

anknüpfend: → *26) Zeitraum* → *27) Lipoproku* → *64) Trennungen* → *65) Beschreibung einer Schneeflocke*

6

Wer, wie, was?

Ein Buch ausschließlich in Fragen schreiben: War es ein kalter Wintermorgen, war es noch Herbst? Knirschte das Streusalz unter ihren Absätzen, als sie sich immer weiter von seiner Wohnung entfernte? Wer hatte erneut die Zeitung aus dem Briefkasten gestohlen? War es die Gereiztheit der letzten Tage, die ihn dazu brachte, den Vorfall nicht zu ignorieren, sondern im Treppenhaus stehen zu bleiben? Was hatte ihn so aufgebracht? Würde er jemals eine Frau mit liebevollem Verständnis und ohne Begehrlichkeit ansehen können? Würde ein Entschuldigungsbrief, ein Blumenstrauß, ein Telefongespräch ausreichen? Fragen, bis die Geschichte erzählt ist.

anknüpfend: → *15) Geehrtes Publikum* → *25) Konsequent* → *51) Lösung für alles* → *60) Was wäre, wenn ...*

7
Bis ans Lebensende

vorbereitend: → *2) Tagessätze*

Hundert Liebesgeschichten erfinden, die alle gleich enden, natürlich schlecht und mit demselben vorgegebenen Satz, der unmittelbar als erstes zu schreiben ist. Verschiedene Anfänge entwerfen und ausschmücken – er traf sie in einem Bus, sie beobachtete ihn lange aus der Ferne und wartete damit, ihn anzusprechen, bis sie vollkommen sicher war, sie lernten sich über eine Kontaktbörse im Internet kennen, über einen gemeinsamen Freund, eher einen Bekannten, Freund eines Freundes, Arbeitskollegen, sie kannten sich seit Geburt, Kindergarten, Tanzkurs, sie waren schon lange Zeit ein Paar, viel zu lange, um sich an das Kennenlernen zu erinnern, die Zeit zusammen, die fast unmögliche Vorstellung, voneinander getrennt zu sein, allein oder mit einem anderen, einige Male versuchten sie es, trennten sich, ließen Kinder, ein zu teuer gekauftes Haus, Geldsorgen, die falschen Versicherungen, die Schwiegereltern zurück; oder anders, sie waren sich und einander nicht treu, oder sie waren treu, aber misstrauisch, verwalteten, argwöhnten und beneideten einander, hörten auf, sich zu sehen, zu fragen; sie richteten getrennte Wohnungen ein, vielleicht in Gedanken seit Jahren schon, sie verliebten sich neu, bekamen andere Kinder, hatten ein neues Haus, einen Unfall auf dem Parkplatz eines Supermarkts –, Verwicklungen entspinnen, im Zeitraffer abspielen, würdelos schnell, jede Geschichte erhält eine Seite, so dass ein Buch mit hundert Geschichten auf hundert Seiten entsteht, und alle enden mit: »Und er hasste sie bis an sein Lebensende.«

anknüpfend: → *8) Alphabet der Angst* → *13) Zehn mal zehn* → *64) Trennungen*

8
Alphabet der Angst

Ängste sammeln, mit Vornamen assoziieren und einen Zettelkatalog anlegen, alphabetisch geordnet. Mit weiblichen Vornamen beginnen, ein Name und eine Angst je Buchstabe – sechsundzwanzig geordnete Zettel mit je einer knappen Geschichte der Figur und ihrer Angst, der Vorgeschichte, den derzeitigen Einschränkungen, möglichen Lösungsversuchen, in Stichworten: Antonia mit der Angst, einzuschlafen und den kürzlich verstorbenen Freund zu vergessen; Beate mit der Angst, abzunehmen und zu verschwinden; Christina mit der Angst, sich zu binden und so die Liebe ihres Lebens zu verpassen; Dorothea mit der Angst, sich um jemanden kümmern zu müssen; Erika mit einer anderen Angst und so weiter. Dann ein antagonistisches männliches Alphabet anlegen: Alexander mit der Angst, nicht zur Ruhe zu kommen, nie mehr an etwas anderes denken zu können als an den Tod des Freundes; Bertram mit der Angst, zuviel zu wiegen, zu präsent zu sein und ungewünschte Aufmerksamkeit auf sich zu ziehen; Christoph mit der Angst, verlassen oder betrogen zu werden; Dieter mit der Angst, sich von jemandem abhängig zu machen; Erwin mit einer anderen Angst und so fort. Sobald zweiundfünfzig Karteikarten beschriftet sind, die Begegnungen der verkörperten Ängste zusammenstellen: Zunächst trifft A auf A des anderen Alphabets, A', dann B auf B', C auf C' und so weiter. Danach willkürlich-systematische heterosexuelle Paarungen herstellen, zum Beispiel trifft A auf Z', B auf Y', C auf X', weitere Systeme erfinden und anwenden. Schließlich die Karten mischen und Paare ziehen, auch homosexuelle Paarungen zulassen. Die Begegnungen gedanklich austragen und beschreiben: Was würden die Charaktere zueinander sagen? Würden sie einander überhaupt bemerken, anziehend finden, kennen lernen, heilen können? Eine Reihe von Dialogen verfassen.

anknüpfend: → *9) Freigang* → *10) Politisch korrekt* → *33) Psychorembel*

9
Freigang

vorbereitend: → *8) Alphabet der Angst*

Mit den zweiundfünfzig Figuren aus → *Alphabet der Angst* einen Spaziergang in der realen Welt unternehmen. Einen Weg festlegen und diesen selbst abschreiten, zweiundfünfzig Mal, wie ein Schauspieler, die jeweilige Angst im Hintergrund. Die angstbedingte Perspektive vollkommen verinnerlichen, alles aus ihr heraus betrachten: Was ist zu sehen, was ist zu hören, wie ist es zu deuten, der Gruß eines Jemands, das Ausbleiben eines anderen, die Geräusche aus einem Haus am Wegrand, das Rascheln der Blätter im Wind, ein Auto, das ohne Beleuchtung durch die Dämmerung fährt? Alles beobachten, samt der ängstlichen Reaktion darauf, der Leitfrage folgend: Wo wird die Angst gereizt, gemildert, besänftigt, aufgelöst? Zweiundfünfzig Mal gehen, zweiundfünfzig Mal notieren.

anknüpfend: → *10) Politisch korrekt* → *19) Fünf mal fünf durch fünf plus eins* → *28) Minimalwelt* → *33) Psychorembel*

10

Politisch korrekt

vorbereitend: → *8) Alphabet der Angst* → *9) Freigang*

Es ablehnen, bestimmte Ängste weiblichen oder männlichen Vornamen zuzuordnen und auf diese Weise geschlechtsspezifische Vorurteile zu bekräftigen. Ein alternatives, politisch korrektes → *Alphabet der Angst* erstellen, das nur genderneutrale Vornamen verwendet: Andrea, Bobo, Chris. Gegebenenfalls solche Namen erfinden, möglichst frei von Implikationen bezüglich Alter, Sozialmilieu, sexueller und weltanschaulicher Orientierung, regionaler Herkunft, etwaigem Migrationshintergrund, Bildungs- und Familienstand, Links- oder Rechtshändigkeit, kulinarischer Vorlieben. Erneut Begegnungen austragen und Spaziergänge unternehmen. Die Besonderheiten geschlechtsneutraler Beziehungen zu Menschen und Umwelt notieren.

anknüpfend: → *11) Humanistisch* → *22) Politopsychose* → *62) Sprachreinigung*

11
Humanistisch

vorbereitend: → *7) Bis ans Lebensende* → *8) Alphabet der Angst* → *10) Politisch korrekt*

Jedem Menschen auf der Welt einen Namen geben. Keine Doppelung zulassen, zur Vereinfachung ein System von Karteikarten anlegen, in zwei großen Kästen, Vornamen und Nachnamen, jeweils um die einundachtzigeinhalbtausend, so dass mindestens 6,6 Milliarden unterschiedliche Namen gebildet werden können. Mittel- und Doppelnamen vernachlässigen. Die volle Bandbreite homophoner Vor- und Zunamen ausschöpfen und Namensvarianten berücksichtigen, Meier, Maier, Mayr, Mayer, Mair, Meyr, Meyer, Ralf, Ralph, Rolf, Rudolf, Rudolph und so weiter, ihnen allen eine Existenz zusprechen, Ralf Meier und Ralph Meier, Ralf Mair und Ralf Mayr und so fort. In einem fortgeschrittenen Moment die Herkunft der zu Benennenden berücksichtigen, auf Wahrscheinlichkeit der Zusammensetzungen achten, auf Plausibilität der geografischen Verteilung, auf regionaltypische Namensgebung. Sobald die Weltbevölkerung einmal benannt ist, den Kreis der zu Benennenden erweitern, um die frisch Verstorbenen, die kürzlich Bestatteten, die Verblichenen der vergangenen Wochen, Monate, Jahre, zurückgehen in den Jahrhunderten, bis zu Mohammeds Geburt, bis zu Buddhas Erleuchtung, weiter zurück, auf historische Wandlungen der Namensgebung achtend. Hin und wieder ein Namenspaar ziehen, ein Geburtsdatum erfinden und in die Tasten des Telefons tippen (gegebenenfalls ergänzt um weitere Ziffern, die Anzahl der Buchstaben im Vornamen, deren Stelle im Alphabet als Quersumme zusammengezogen). Den so gefundenen Gesprächspartner zu seiner persönlicher Lebensplanung befragen.

anknüpfend: → *35) Puzzle-Körper* → *46) Namhafter Besitz* → *61) Reinkarniert*

12

Alles an seinem Platz

Einen Raum wählen – eine Pförtnerloge, ein Kinderzimmer, ein Künstleratelier, den Schlafcontainer eines Bautrupps – und aufschreiben, was da ist. Alles an seinem Platz festhalten und erklären, wie es dorthin gekommen ist, wer es zuerst in den Raum gebracht, zuletzt in der Hand gehalten, dort abgelegt hat, was in der Zwischenzeit geschehen ist, ob es überreicht, versteckt, gestohlen wurde. Die zahlreichen Spuren vergangener Berührungen sichtbar machen, Fingerabdrücke, schlechtes Gewissen, Verliebtheiten freilegen, ohne Rücksicht darauf, dass die Dinge von etwas erzählen, das den Menschen verborgen ist, vielleicht von existenziell entscheidenden Weichen, die gestellt worden sind und von denen sie nie erfahren werden – Missverständnisse, Lügen, Intrigen.

anknüpfend: → *13) Zehn mal zehn* → *14) Man nehme* → *18) Fünf mal fünf durch fünf* → *46) Namhafter Besitz* → *55) Reliquien*

13

Zehn mal zehn

vorbereitend: → *7) Bis ans Lebensende* → *12) Alles an seinem Platz*

Ein Haus gedanklich einrichten, es ausfüllen wie eine Tabelle: ein Hotel mit zehn Etagen und zehn Zimmern je Etage. Hundert Zimmer mit gleichem Grundriss und identischer Einrichtung, abwechselnd spiegelverkehrt, hinter der Eingangstür die Garderobe, auf der anderen Seite die Badezimmertür, Platz für zwei Schritte, dann öffnet sich der Raum, ein Quadrat, das Bett mit dem Kopfende an der Wand, ein Bord gegenüber, der Fernseher darauf, am Fenster der Schreibtisch und ein Faltblatt mit Informationen über Haus, Baujahr, angebotenen Service und Preis, alle Zimmer gleich, nebeneinander, übereinander, diagonal, wie eine Mauer gestapelter Kisten. Nach der Grundeinrichtung die Variationen notieren: In einem Zimmer das Faltblatt um wenige Millimeter verrücken, so dass es nicht parallel zu den Rändern der Arbeitsfläche liegt, es vom Tisch nehmen, auf die Tagesdecke legen, Haare im Abfluss der Duschkabine platzieren, rote Locken, einen Rollkoffer hinter der Tür abstellen, so dass der nächste Eintretende dagegen stößt, den Koffer auf die vorgesehene Ablage stellen, in jedem Zimmer etwas hinzufügen, ein paar Tropfen Blut am Waschbeckenrand, an der Kühlschranktür, eine abgenagte Melonenschale im Abfalleimer, auf dem Fernseher die Mitgliedskarte eines esoterischen Vereins, die Anleitung zum Zusammenbau einer Holzkommode. Jedes Zimmer individuell ausstatten als Abweichung von der Folie, das Inventar der Besonderheiten erstellen, Gerüche und Geräusche, Fährten einer Geschichte, die selbstverständlich nicht erzählt wird.

anknüpfend: → 14) Man nehme → 31) Brücken → 64) Trennungen

14
Man nehme

vorbereitend: → *1) Antiliste* → *3) Backup*

Eine Geschichte in Form eines Kochrezepts verfassen. Beginnen mit einer knappen Ankündigung des zu Erwartenden – eine Geschichte von Liebe und Verrat – und fortfahren mit einer Liste, in der die Komponenten der Erzählung wie Zutaten untereinander stehen – Namen der Protagonistin und des Antagonisten, Tageszeit, Wetterlage, Ort –, dann, als Fußnoten gesammelt am Ende des Dokuments, die Erläuterungen zu den einzelnen Aufzählungspunkten: Beziehungen, Gefühle, Motive, Konflikte, Handlung. Alles Dynamische, alles Veränderliche, die eigentliche Geschichte findet im Kleingedruckten statt.

anknüpfend: → *15) Geehrtes Publikum* → *16) Know-how*

15
Geehrtes Publikum

vorbereitend: → *14) Man nehme*

Das Bewerbungsschreiben einer Geschichte verfassen. Die Geschichte stellt sich dem Publikum vor: Sehr geehrter Leser, sehr geehrte Leserin, erlauben Sie mir, mich Ihnen zu nähern, ich würde Sie gerne unterhalten, für einen Augenblick, wenn Sie mich lassen, ich verspreche Ihnen, das Niveau zu wahren, Sie nicht zum Besten zu halten, nehmen Sie sich die Zeit und genießen Sie, was ich zu bieten habe, gestatten Sie mir, mich kurz vorzustellen – mit Alter und Entstehungsort, geistiger Urheberschaft, guten Eigenschaften und ansprechenden Figuren, ohne Hochmut, aber voller Überzeugung präsentiert die Geschichte ihren Inhalt –, sehen Sie, es lohnt sich, Zeit mit mir zu verbringen, ich umfasse so einiges Gutes und stehe zu Ihren Diensten. Das Schreiben endet mit der höflichen Einladung: Geehrte Lesende, ich weiß um Ihre Klugheit, um Ihre Sinnlichkeit, ich schätze Sie außerordentlich und wäre allzu glücklich, künftig auf Ihrem Nachttisch, in Ihren Händen, in Ihrem Herzen einen Platz zu finden. Beste Grüße, Ihre Geschichte.

anknüpfend: → *17) Weltgeschichte*

16
Know-how

vorbereitend: → *14) Man nehme*

Ein Buch mit Gebrauchsanweisungen verfassen für möglichst gewöhnliche Dinge und Tätigkeiten, die sonst nur wenig erläuternde Beachtung finden: Treppen, Sofas, Fahrstühle, Kleiderschränke, Röcke, Saftgläser, Metrofahren, Nasebohren. Auf eine übersichtliche und einheitliche Form der Einträge achten – unerlässliche Merkmale des Gegenstands oder der Tätigkeit nennen, empfohlene Häufigkeit der Nutzung, hilfreiches Zubehör, Glückspotential, zu erwartende körperliche Belastung, intellektueller Anspruch, Unfallrisiken. Dann auch Gegenstände berücksichtigen, die keinen unmittelbaren Handlungsbedarf aufweisen: eine Wolke, ein vorbeifahrendes Auto, Vogelgezwitscher. Einen mehrbändigen Anhang verfassen, mit einer extensiven Theorie des passiven Handelns und einer detaillierten Anleitung zum Nichtgebrauch.

anknüpfend: → *1) Antiliste* → *34) Industrialisierung* → *51) Lösung für alles*

17

Weltgeschichte

Eine geschichtliche Zäsur planen, ein Ereignis, das durch die Nachrichten gehen, möglichst viele Menschen affizieren und deren Lebensgefühl verändern wird – etwas *Großes*, wie sie später sagen werden –, diesen Coup zeitlich und örtlich so einbetten, dass er das Leben möglichst zahlreicher Menschen betrifft, sich einprägt und in dreißig Jahren als etwas Festes auf geschichtskundlichen Plakaten in Schulen erwähnt wird, unverrückbar wie das große Einmaleins.

anknüpfend: → *11) Humanistisch* → *24) Genesis* → *40) Tee* → *51) Lösung für alles* → *54) Sabotage*

18

Fünf mal fünf durch fünf

vorbereitend: → *2) Tagessätze* → *12) Alles an seinem Platz*

Fünf Minuten Lebenszeit an einem bestimmten Ort beobachten – dem Winkel mit Mülltonnen eines Wohnblocks, der Damenwäscheabteilung eines Kaufhauses, dem nominalen Mittelpunkt einer Stadt –, das Gesehene einprägen, es aus dem Gedächtnis an einem anderen Ort notieren, innerhalb von fünf Minuten – die wartenden Mülltonnen, Hände, die die BHs weiterblättern wie Poster in einem Musikladen, zwei Verabredete, die einige Minuten zwischen eilenden Einkaufenden warten und einander dann erst sehen –, anschließend, ohne das Geschriebene durchzulesen, erneut den Ort wechseln, dort fünf Minuten über die gleichen fünf Lebenszeitminuten schreiben; insgesamt fünf verschiedene Schreiborte aufsuchen und möglichst unterschiedliche Schreibarten wählen – auf einer Kirchenbank sitzend auf den Knien schreibend, in einer Bibliothek tippend, auf einem Dachboden hockend, eine Spinnwebe von der Schulter streichend, in das Holz eines Dachbalkens ritzend, mit Edding auf eine Klotür schmierend, im Sessel einer Kaffeehauskette in eine Agenda schönschreibend. Kurz: fünf gleiche Minuten an fünf verschiedenen Orten mit fünf verschiedenen Schreibmitteln erfassen.

anknüpfend: → *19) Fünf mal fünf durch fünf plus eins* → *29) Würfeln* → *39) Your Way*

19

Fünf mal fünf durch fünf plus eins

vorbereitend: → *18) Fünf mal fünf durch fünf*

Nachvollziehen, was in → *Fünf mal fünf durch fünf* angestellt wurde, und zwar so: *Einen* festen Ort (und *eine* Schreibart) wählen – Schreibtisch, Heft und Füller; Haus, Wand und Sprühdose; Bus, Sitz und Edding; Wohnung, Teppich und Messer – und fünfmal innerhalb von je fünf Minuten festhalten, wie es war, das Schreiben im Kirchgang, in der Bibliothek, auf dem Dachboden, auf den Toiletten, im Kaffeehaus, über die immergleiche Beobachtung. Nachvollziehen, wie sich Schreibgeste und Wortwahl verändert haben, wie sich das Erzählte und die Aussage an das jeweilige Umfeld anpassen – unter dem Einfluss von Kugelschreiber, Tastatur, Taschenmesser, Edding, Füller mit feiner Feder –, darauf achten, wie sich das Bild vom eigenen Schreiben und das Gefühl für dessen Bedeutsamkeit ändern, wie sich die Nuancen des Tonfalls wandeln, konfrontiert mit dem schillernden Lack einer Klotür, dem spröden Holz eines Dachbalkens, den gleichmäßig großen Tasten. Fünfmal fragen, wie die Umstände auf den Text eingewirkt haben, wie das Erzählte im jeweiligen Kontext verformt worden ist. Zum Schluss überlegen, wie sich der *eine* feste Ort – die Höhe des Schreibtischs, der Teppichboden, die raue Hauswand, der Schweißgeruch des Sitznachbarn im Bus – in die Reflexion darüber und in die fünf neu entstandenen Texte eingemischt hat. Auch über die Wirkung des festen Ortes einen Text schreiben, innerhalb von fünf Minuten.

anknüpfend: → *48) Ungefähr bunt*

20
Statistik

vorbereitend: → *16) Know-how*

Einen neuen Forschungsgegenstand finden und erschließen, beispielsweise den jährlichen Schuhcremeverbrauch eines Schriftstellers statistisch erfassen und auswerten auf der Suche nach einer möglichen Korrelation zwischen Schuhputzverhalten und Schreibgewohnheiten; zu berücksichtigen wären unter anderem: Häufigkeit der Anwendung, Farbe und Marke der Schuhcreme, Ausrichtung und Dauer des Auftrags, Beschaffenheit und Anzahl der gepflegten Schuhe, weitere verwendete Pflegemittel, Umfang des täglichen Schreibpensums, Satzlänge, Adjektivdichte, Dialogaufkommen, Präzision metrischer Angaben, Genrevorlieben, literaturgeschichtliche Vorbilder, Stilsicherheit. Möglichst abwegige Erklärungen für statistische Häufungen notieren und in einem Grundlagenwerk der Disziplin veröffentlichen.

anknüpfend: → *33) Psychorembel* → *34) Industrialisierung* → *63) Sprachkloster* → *64) Trennungen*

21
Ordentlich

Einen sortierten Text schreiben, das heißt: Zunächst einen Text schreiben und ihn dann sortieren, Syntax auflösen, die Wörter in eine neue Reihenfolge ordnen, zum Beispiel nach Wortarten und innerhalb dieser alphabetisch nach Endbuchstaben oder nach Wortarten und die Wortarten alphabetisch nach Endbuchstaben, möglichst ohne erkennbaren Sinnzusammenhang, ohne Absätze, nur Leerzeichen trennen die Wörter voneinander, die Satzzeichen, falls vorhanden, folgen gehäuft zum Schluss, weitersortieren, die Wörter zusammenrücken, die Leerzeichen gesammelt dahinterstellen, zuletzt Kommata und Punkte, weitersortieren, Buchstabe um Buchstabe aus den Wörtern trennen und einreihen, alphabetisch oder nach aufsteigender Größe der Zeichen, sortieren, erst Haarstriche, dann Grundstriche aus den Buchstaben herauslösen und ordnen, nach Ausrichtung auf dem Blatt, nach eingenommener Fläche, nach Geradlinigkeit der Form, und weiter, die Striche aneinanderlegen oder zu Schnecken einrollen, diese stapeln, in der Mitte des Blattes übereinander legen, die Satzzeichen zentrifugal rundherum legen, die Leerzeichen ganz außen.

anknüpfend: → *25) Konsequent* → *34) Industrialisierung* → *37) Oh Tannenbaum* → *65) Beschreibung einer Schneeflocke*

22
Politopsychose

vorbereitend: → *9) Politisch korrekt*

Eine Geschichte erzählen, in der zwischenmenschliche Beziehungen abstrahiert und in verallgemeinernde Begriffe gefasst werden. Politisch vorbelastete Ausdrücke verwenden und Emotionen als Hirngespinste oder als Teil der soziologischen, demografischen, politischen und wirtschaftlichen Strukturen identifizieren – Migrant ohne Aufenthaltsgenehmigung sucht erotischen Kontakt zu Einheimischer, konfessionell gemischtes Ehepaar der Mittelschicht trennt sich, allein erziehendes weibliches Elternteil ohne berufsqualifizierenden Abschluss spart beim Erwerb eines langlebigen Konsumguts, männlicher Studierender und Kunde gibt weiblicher Studierenden und dienstleistender Minijobberin zu wenig Trinkgeld infolge komplexer Reflexion bezüglich Geschlechterrollengerechtigkeit, gut bezahlte Führungskraft begehrt einen Untergebenen –, aus möglichst vielen Bereichen schöpfen, jede Beziehung analysierbar machen: nach Machtstrukturen fragen, nach Interessen, nach Gewohnheitsrecht, nach Diskriminierung, bis alles ganz klar ist, hohl und durchschaubar wie ein Gerippe.

anknüpfend: → *23) Psychopsychose* → *28) Minimalwelt* → *36) Skalieren* → *51) Lösung für alles*

23
Psychopsychose

vorbereitend: → *22) Politopsychose*

Eine Geschichte erzählen, in der zwischenmenschliche Beziehungen abstrahiert und in psychologisierende Begriffe gefasst werden. Jeden Sachverhalt aus dieser Sicht betrachten, Fakten und Verbindlichkeiten als Konstruktion vorkindlicher Prägung, kindlichen Wünschens und anderer psychischer Bedingtheiten erfassen, einschlägige Vokabeln verwenden – Mann projiziert gesellschaftlichen Integrationswunsch auf das Objekt seiner libidinösen Begierde, Paar entfremdet sich aufgrund unterschiedlicher, weltanschaulich motivierter Erwartungen an eine Beziehung, ausgelastete, allein erziehende Mutter kompensiert Schuldgefühl und Versagensängste durch Planung, Disziplin und Verzicht, komplexbehafteter junger Mann scheut sich, Sympathie und Anerkennung zu zeigen, beruflich erfolgreiche und privat frustrierte Frau sucht nach glücklicher Vermengung beider Sphären –, möglichst viele Bereiche erschließen und analysierbar machen, nach Ängsten fragen, nach Narzissmus, nach zurückgewiesener, nach uneingestandener Liebe, nach Allmachtsfantasien, bis alles ganz klar ist, verständlich und berechenbar wie ein gesund funktionierender Organismus.

anknüpfend: → *33) Psychorembel* → *35) Puzzle-Körper* → *51) Lösung für alles*

24
GENESIS

vorbereitend: → *13) Zehn mal zehn* → *17) Weltgeschichte* → *40) Tee*

Sich vorstellen, irgendwo im Pazifik tauchte – genau in diesem Augenblick, von einer mächtigen tektonischen Kraft nach oben gedrückt – ein Felsblock aus dem Wasser, ein neues Stück Erdoberfläche, eine Insel, von deren Existenz niemand anders wüsste und über deren Gestalt nun bestimmt werden könnte, durch einfaches Benennen – sagen *Gras* und Gras wächst, sagen *Vulkan, Farnkraut, Antilope, Mensch, Bürgerkrieg* und all das wäre da –, innerhalb von Minuten die Zukunft des neuen Landstrichs anlegen, mit Energiereserven, Fauna, Wohlstand, Nationalbank, Inzest; notieren, höchstens eine Viertelstunde lang, ohne Rechtfertigung.

anknüpfend: → *49) Hiob* → *50) Pathos*

25
KONSEQUENT

vorbereitend: → *21) Ordentlich*

Mal einen Punkt machen.

anknüpfend: → *51) Lösung für alles* → *52) Erschöpfung* → *65) Beschreibung einer Schneeflocke*

26

Zeitraum

vorbereitend: → *4) Jungbrunnen* → *5) Anorexie*

Eine Geschichte dreimal erzählen. Zunächst in einem Text mit einer Ortsangabe je Satz, auf eine verhältnismäßige Satzlänge achten, maximal drei Zeilen, ohne besondere Verschachtelungen, jegliche Zeitangabe weglassen, kein nachmittags, sogleich und dann, nur örtliche Bezüge. Sobald die Geschichte erzählt ist, das Blatt weglegen. Dann, auf einem neuen Blatt, die Geschichte noch einmal erzählen, diesmal keinen Ort nennen, alles ausschließlich zeitlich bestimmen, mit mindestens einer Zeitangabe je Satz, bei verhältnismäßiger Satzlänge, ohne besondere Verschachtelungen. Sobald die Geschichte erzählt ist, das Blatt weglegen. Schließlich, auf einem dritten Blatt, die Geschichte noch einmal erzählen: ohne Zeit, ohne Raum.

anknüpfend: → *27) Lipoproku* → *36) Skalieren* → *41) Gut und Böse*

27

LIPOPROKU

vorbereitend: → *5) Anorexie*

Eine Folge von sechsundzwanzig Texten verfassen und je Text einen bestimmten Buchstaben weglassen, so dass insgesamt jeder Buchstabe einmal fehlt. Nur tatsächlich existierende Wörter verwenden, ohne orthografische Fehler, ohne grammatikalische Mängel. Zur Einübung am Ende des Alphabets beginnen, mit seltener verwendeten Buchstaben, sich allmählich zu den oft benutzten Zeichen wie den Vokalen am Anfang das Alphabets vorarbeiten. Im Falle deutschsprachigen Schreibens die Umlaute und Sonderzeichen berücksichtigen, die Anzahl der Texte entsprechend anpassen. Nach der ersten Folge den Aufwand steigern, übergehen zur progressiv akkumulierenden Methode: Nicht reihum einen anderen Buchstaben weglassen, sondern mit jedem Text den jeweiligen Buchstaben definitiv streichen, den verfügbaren Wortschatz fortschreitend einschränken, möglichst am Anfang des Alphabets beginnen.

anknüpfend: → *28) Minimalwelt* → *62) Sprachreinigung* → *65) Beschreibung einer Schneeflocke*

28

Minimalwelt

vorbereitend: → *22) Politopsychose* → *23) Psychopsychose*

Sich eine Welt ausdenken, in der alles ganz schlicht ist. Es gibt nur *ein* Rot, *ein* Gelb, *ein* Blau – die Primärfarben in strahlender Klarheit –, plus deren einfache Mischungen, *ein* Grün, *ein* Violett, *ein* Orange, sowie die beiden Nichtfarben, *ein* Weiß und *ein* Schwarz. Alles dazwischen fällt weg: beige, türkis, ocker, lachs-, mint- und silberfarben. Keine Nuancen. Jede Schattierung ist getilgt, die Welt ist schematisch und grell wie ein Comic, der Blick auf sie wie durch eine Brille, die alles automatisch angleicht, umformatiert, stufenlose Farben, genau acht Möglichkeiten, keine davon unrein. In der simplen neuen Welt spazieren gehen und sich über den Minimalismus mokieren, ein paar Minuten lang. Danach die Brille abnehmen; durchatmen und aufschreiben, wie es ist, dass es das gibt: schattiertes Grau.

anknüpfend: *38) Randomly riechen* → *48) Ungefähr bunt*

29
Würfeln

vorbereitend: → *28) Minimalwelt*

Einen zusammengewürfelten Text verfassen: Auf einem Blatt Papier mögliche Stilfiguren auflisten, jeder eine Zahl zuordnen, auf einem anderen Blatt einen Text schreiben, für jeden Absatz eine neue Stilfigur erwürfeln, gegebenenfalls mit einem kodierten Spezialwürfel. Die erwürfelte Stilfigur wie ein technisches Verfahren anwenden, keine andere Figur im jeweiligen Abschnitt zulassen, nichts sachlich Benennendes, nur diese Stilfigur. Absatz für Absatz so vorgehen und auf diese Weise die Geschichte erzählen – eingangs Metapher, dann Metonymie, anschließend Litotes, danach Oxymoron, später Vergleich und so weiter. In einem fortgeschrittenen Moment der Textarbeit je Abschnitt zwei Stilfiguren erwürfeln, diese nicht nebeneinander anwenden, sondern stets gleichzeitig – eine Metapher, die gleichzeitig Litotes ist, eine Alliteration, die eine Metonymie ausdrückt, ein Vergleich im Gewand eines Oxymorons und so fort. Sobald auch diese Etappe bewältigt ist, fortfahren mit der Kombination von drei Stilfiguren.

anknüpfend: → *47) Dampfmaschinendynamischwortgläubig*

30
Rhabarber

Der eigenen Sprache fremde Wurzeln geben: Ein Wörterbuch verfassen und darin jedem Wort eine neue Abstammung zuordnen, zweifelhafte Thesen bekräftigen – dem Wort *Dichtung* die gleiche Abstammung wie dem Wort *Dichte* zuschreiben –, Anerkanntes widerlegen – dem *st* im Wort *Baumstamm* eine grundlegend andere Herkunft als dem *st* im Wort *stehen* geben –, unverwandte Wörter miteinander verbinden, Herkunft spendende Wörter erfinden, diese einer erfundenen Sprache entlehnen, welche fortschreitend, von Eintrag zu Eintrag, eine gefestigte, systematisch aufgebaute indogermanische Sprache ergibt. Eine Geschichte dieser Sprache und ihrer historischen Stufen schreiben.

anknüpfend: → *53) Filter* → *54) Sabotage* → *62) Sprachreinigung*

31
Brücken

vorbereitend: → *61) Reinkarniert*

Ein Buch wählen und durch LSD-Brücken zeigen, wie ein Satz den folgenden beinhaltet, oder eher, wie ein Satz den vorangegangenen → *Reinkarniert*: Beginnen mit dem ersten Satz, ihn notieren, jedes einzelne Wort im Lexikon nachschlagen, den Satz ein zweites Mal schreiben, dabei jedes Wort durch seine Definition oder ein Synonym ersetzen, dann den Satz ein drittes Mal schreiben, mit neuen Synonymen und Definitionen, und so weiter, Schritt für Schritt den Satz verfremden, vom Ausgangssatz entfernen und dem zweiten Satz im Buch angleichen. Sobald der erste Satz vollständig zum zweiten geworden ist, fortfahren im Buch, den zweiten Satz durch fortschreitendes Definieren in den dritten Satz verwandeln und so fort. Das gesamte Buch durcharbeiten, Brücken bauen, von Satz zu Satz, lückenlos.

anknüpfend: → *32) Quintessenz*

32
QUINTESSENZ

vorbereitend: → *31) Brücken*

Den zentralen Satz eines Buches festlegen und anhand von LSD-→ *Brücken* vorführen, wie von diesem Satz alle anderen Sätze des Buches abgeleitet werden können. Danach zeigen, dass dieser Satz auch für ein zweites Buch – möglichst von einem anderen Autor, aus einer anderen Epoche, mit einem anderen Thema – gilt. Sowie für ein drittes. Und für alle übrigen.

anknüpfend: → *61) Reinkarniert*

33

Psychorembel

vorbereitend: → *8) Alphabet der Angst* → *23) Psychopsychose*

Ein Lexikon der noch zu entdeckenden psychischen Krankheiten schreiben – eine krankhafte Fixierung auf Fußnägelformen; die Angst vor der Angst, womöglich nie verrückt zu werden; der manische Glaube an die heilende Kraft von Glatzen und anderen glatten Flächen. Einzelne Symptome auflisten – fußnägelförmige Wegstrecken beim Fortbewegen; ängstliche Reaktionen auf das Wort *gesund*; häufiges Epilieren und gefährliche Vorliebe für Eislauf –, mögliche Ursachen und kurative Maßnahmen, eventuell vorzunehmende Medikation mit Namen des Präparats, Wirkstoff und -weise sowie Nebenwirkungen und Gegenanzeigen erfinden, ferner nicht medikamentöse Therapieansätze notieren, etwa chirurgische Eingriffe, Gesprächssitzungen, Kunst- und Röntgentherapie, unkonventionelle, neu zu definierende Heilverfahren sowie Möglichkeiten einer vorbeugenden Lebensgestaltung. Alles im Selbstversuch ausprobieren und exakt dokumentieren. Nichts auslassen.

anknüpfend: → *35) Puzzle-Körper*

34

Industrialisierung

vorbereitend: → *16) Know-how* → *29) Würfeln*

Einen industrialisierten Text schreiben: Alles Natürliche – den Geruch eines Nadelwaldes, das Prasseln des Regens, das Gefühl von Sonnenstrahlen auf geschlossenen Augenlidern – mit einem menschlichen Erzeugnis vergleichen – dem Duft eines Weichspülers, dem Rauschen von Lautsprechern bei der Wiedergabe von Musik, der Bestrahlung im Solarium. Möglichst industriell herstellbare Objekte heranziehen, auf jeden Fall käufliche und möglichst neuartige. Zur Verfeinerung auf einen bestimmten Bereich konzentrieren – Kommunikationstechnik, Haushalts- oder Körperpflege, Erfindungen der vergangenen zwanzig Jahre – und ausschließlich daraus schöpfen.

anknüpfend: → *22) Politopsychose* → *42) Vice Versa*→ *46) Namhafter Besitz* → *59) Neue Werbung*

35
Puzzle-Körper

vorbereitend: → *11) Humanistisch* → *33) Psychorembel*

Den menschlichen Körper in seine physisch definierbaren Komponenten aufteilen, in erworbene und angeborene Merkmale: die Beschaffenheit der Haut, die Elastizität, die Faltenanfälligkeit, ab welchem Alter und wie ausgeprägt, die Dichte der Zellen in der Epidermis, die Talgproduktion der Drüsen, die Glätte, die Anfälligkeit für Unreinheiten, die Anzahl, Verteilung, Form und Farbe möglicher Pigmentstörungen, die Reaktion auf Zigarettenrauch, auf Wirkstoffe und Hormone und so weiter. Alles – von Farbe der Armbehaarung bis Krümmung der Zehen, von Festigkeit der Fingernägel über Ausprägung der Fehlsichtigkeit bis Behaarungsdichte im Genitalbereich, Ausrichtung innerer Organe – notieren. Einen anatomisch-physiologischen Katalog mit möglichen und unmöglichen Eigenschaften des menschlichen Körpers entwerfen, aus dem Menschkombinationen zufällig zusammengewürfelt und neu gemischt werden können. Genug Kombinationsmöglichkeiten für 6,6 Milliarden unterschiedliche Individuen und mehr vorsehen – für Lebende, Tote und Ungeborene.

anknüpfend: → *55) Reliquien* → *61) Reinkarniert* → *65) Beschreibung einer Schneeflocke*

36
Skalieren

vorbereitend: → *26) Zeitraum*

Eine hochdramatische Geschichte ersinnen – viele Wendungen, möglichst umfassende Unternehmungen, existenziell entscheidender Ausgang, jenseits aller Wahrscheinlichkeit. Die Geschichte, ihre Figuren und Geschehnisse aus unterschiedlicher Entfernung betrachten. Erst ganz nah, die Figuren im Hier und Jetzt selbst zu Wort kommen lassen, dann die zeitliche Distanz kontinuierlich vergrößern: Es werden Erinnerungen in Tagebuchform, es werden Memoiren, mit denen sich die Figur präsentiert, es wird der Rückblick eines Enkels, die Nachforschungen eines entfernt Verwandten, eines postumen Bewunderers, die Ahnung einer antiken Seherin. Dann, wieder ausgehend vom Hier und Jetzt, schrittweise den räumlichen Abstand vergrößern: Der Ehepartner erzählt, der Nachbar, die Schwester in einer anderen Stadt, der Freund in einem anderen Land, ein Bekannter dort, einer, der auf der anderen Seite der Erde zufällig das Geschehen an einem Bildschirm mitverfolgt, jemand, der die Geschichte bloß ahnt, aufgrund einer Vision, eines Wachtraums, schließlich Gott oder ein Außerirdischer in der vollkommen unbeteiligten Beobachterposition, sich über die Verwicklungen amüsierend, sie kaum mehr erkennend. Schließlich die Geschichte aus maximaler räumlicher und zeitlicher Distanz erzählen, bis sie verwischt, durch die Schlieren von Lichtjahren und Jahrmillionen.

anknüpfend: → *39) Your Way* → *50) Pathos* → *56) Intergalaktisch*

37

Oh Tannenbaum

vorbereitend: → *21) Ordentlich* → *25) Konsequent*

Einen
Tannenbaum
mit Wörtern schmücken:
Je Nadel ein Wort
am geschwungenen Strich
eines Buchstabens befestigen.
Beginnen mit den
Lieblingswörtern, dann alle
anderen zulassen. Den Baum schütteln.
Sehen,
was
bleibt.

anknüpfend: → *44) Puzzle* → *65) Beschreibung einer Schneeflocke*

38
Randomly riechen

vorbereitend: → *28) Minimalwelt*

Eine Welt beschreiben, in der nichts zusammenpasst, in der alles am falschen Platz ist, geruchsweise: Auf den Straßen riecht es nach Pferdeäpfeln, in der Konditorei stinkt es nach Abgasen, im Stall, zwischen den aneinander gedrängten Körpern der Tiere, duftet es nach Kuchen. Präzise die Gerüche beschreiben, möglichst weder Abgase noch Kuchen noch Pferdemist benennen, sondern in deren Bestandteile zerlegen: Die Glasur einer Erdbeertorte verströmt den Mief bitterer Staubpartikel; das Fell der Kühe duftet nach gebackener Butter und mit Zucker vermengtem Mehl; der faulige Dunst von verdautem Gras steigt aus dem Asphalt herauf. Keine Verwunderung zeigen.

anknüpfend: → *39) Your Way* → *42) Vice Versa* → *54) Sabotage*

39
Your Way

vorbereitend: → *29) Würfeln*

Eine Aussage in einer Form mitteilen, die vollkommen losgelöst vom Inhalt ist – eine Liebeserklärung als UN-Resolution schreiben, mit einzeln aufgelisteten, diplomatisch vorsichtig formulierten Punkten zur Begründung sowie einer semi-expliziten Handlungsanweisung; dem Pizzalieferanten ein weit ausholendes Märchen über Paprika und Champignon erzählen, die sich im Wald verirrten, auf einem Stück Teig zusammenfanden und ein glückliches Ende bei der eigenen Adresse nahmen; einen Arbeitsvertrag als Folge von Witzen über Arbeitgeber und Kollegen schreiben; die Gebrauchsanweisung einer Friteuse auswendig lernen und als Gebet zur morgendlichen Andacht aufsagen; die Gestalt eines Baumes im Tonfall der Allgemeinen Geschäftsbedingungen darstellen und den Text als Satzung eines zu gründenden Vereins ausgeben. Verschiedene Mitteilungsformen auf Zettel notieren, mischen und, sobald eine Aussage, eine Antwort, eine Bitte, eine Beschreibung, eine Äußerung fällig ist, einen Zettel ziehen und die Ausdrucksform anwenden, je inadäquater, umso erwünschter. Eine zufällige Übereinstimmung zwischen Form und Inhalt der Mitteilung widerwillig in Kauf nehmen.

anknüpfend: → *42) Vice Versa* → *61) Reinkarniert* → *64) Trennungen*

40
Tee

vorbereitend: → *17) Weltgeschichte*

Eine flache Tasse auf einen Tisch stellen und Tee eingießen, nachschenken, ohne zu trinken, und beobachten, wie das Wasser die Tasse füllt, an die Ränder tritt, in die Untertasse überläuft, deren Rand erreicht, ihn übersteigt, sich ausbreitet, eine Pfütze auf dem Tisch bildet, dessen Platte füllt und an den Seiten heruntertropft, in den Teppich, der sich voll saugt und aus dessen Fasern sich fest getretene Krümel lösen und zu schwimmen beginnen, in der frisch entstandenen Lache, die jetzt im Wohnzimmer steht, sich ausbreitet, die Tür erreicht und über die Schwelle tritt, weiter Boden gewinnt, im Flur und auf dem Balkon, von dem das Wasser heruntertropft, erst zaghaft, dann in Fäden, schließlich als Sturzbach auf die Straße schießt, auf deren Bürgersteigen Menschen stehen bleiben, die überlaufende Wohnung anstarren, ohne zu merken, dass sich zu ihren Füßen ein See gebildet hat, dessen Pegel unablässig steigt.

anknüpfend: → *24) Genesis* → *50) Pathos* → *60) Was wäre, wenn ...*

41
Gut und Böse

vorbereitend: → *4) Jungbrunnen* → *36) Skalieren*

Die gleiche Geschichte zweimal erzählen. Einmal ist die Hauptfigur ein Held, hochgewachsen, geschickt, außerordentlich schön, mit tragischer Größe, hübscher Freundin, sanftem Gemüt, weitem Herzen, verständnisvoll. Das andere Mal ist die Figur ein durchschnittlicher Hanswurst, ohne Ambitionen, langweilig, durchschaubar, plump. Darauf achten, äußere Vorgänge und Umstände, familiäre Verhältnisse, Kindheit des Protagonisten, Nebenfiguren, Wohnort, Hobbys, Motive des Handelns nicht zu verändern. Nur die Bewertung verkehren: Einmal die Wünsche und Sehnsüchte als legitim darstellen, dem Menschen das Recht auf Streben nach Glückseligkeit zusprechen; das andere Mal seine Gelüste zum Skandal machen, den Egoismus anklagen. Ohne Begründung.

anknüpfend: → *42) Vice Versa* → *47) Dampfmaschinendynamischwortgläubig*

42
Vice Versa

vorbereitend: → *41) Gut und Böse*

Zwei täglich genutzte Gegenstände miteinander vertauschen und so weiterleben wie bisher – entschlossen mit der Haarbürste telefonieren, zwischen Ohr und Schulter geklemmt mit jemandem reden, darauf bestehen, seine Antwort hören zu können, Termine zu vereinbaren, Informationen einzuholen; den Telefonhörer in der Handtasche mit sich führen, ihn hin und wieder in der U-Bahn sitzend aus der Tasche holen, mit einer beiläufigen Geste über die Haare streichen, keineswegs verschämt oder demonstrativ, vielleicht ernst oder konzentriert, einen Spiegel vor das Gesicht haltend –, alle Posen durchhalten, ohne die Spur eines Zweifels oder einer Unsicherheit. Beginnen mit einfachen Vertauschungen – Scheuermilch und Sonnencreme, Teebeutel und Visitenkarte, Schnürsenkel und Kaugummi – an diskreten Orten – im Kleiderschrank, bei Freunden, im Bad –, übergehen zu auffälligeren Verwechslungen – Buch und Pizzaschachtel, Haus und Auto, Wasserflasche und Stehlampe, Rucksack und Tennisschläger – an öffentlicheren Plätzen – Tanzfläche, Fußgängerzone, Fernsehsendung. Die verwechselten Objekte in festgelegtem Rhythmus ändern – alle zwei Wochen, alle drei Tage. Diesen Rhythmus beschleunigen und sich mit der Zeit zu Verwechslungen dreier Gegenstände – Fensterrahmen, Mikrowelle und Stethoskop; Hammer, Laptop und Backofen – sowie zur progressiv-kumulativen Methode steigern: Vertauschungen fortschreitend ansammeln, bis nichts mehr an seinem Platz ist. In einem Text mit vertauschten Wörtern darüber nachdenken, was sich verändert hat.

anknüpfend: → *43) Polysem* → *46) Namhafter Besitz* → *45) Dampfmaschinendynamischwortgläubig* → *64) Trennungen*

43
POLYSEM

vorbereitend: → *42) Vice Versa*

Eine Geschichte durchgehend mehrdeutig erzählen, mit Kessel und Topf, Kanone und Schabracke, Kopf und Mutter, Tor und Heide, die gar und teuer, blau und wüst sind, die modern und verrückt werden. Die jeweilige Bedeutung im Unklaren lassen, die Subjekte unidentifizierbare Schatten, offen, ob Ding, ob Tier, ob Pflanze, ob Mensch. Die Handlung undeutlich, die Geschichte in der Schwebe. Die Ungewissheit bis zum Schluss und darüber hinaus erhalten. Es dem Leser überlassen, Spekulationen anzustellen.

anknüpfend: → *44) Puzzle* → *46) Namhafter Besitz*

44
Puzzle

vorbereitend: → *43) Polysem*

Ein Puzzle entwerfen, das in ebenmäßig weiße Quadrate identischer Größe geschnitten ist. Mischen, zusammensetzen.

anknüpfend: → *45) Hundertprozentig* → *64) Trennungen* → *65) Beschreibung einer Schneeflocke*

45

Hundertprozentig

vorbereitend: → *43) Polysem* → *62) Sprachreinigung*

Ein Buch in zehn Kapiteln schreiben. Von Kapitel zu Kapitel mehr unbekannte Wörter einfließen lassen, erfundene, neu zusammengesetzte, aus anderen Idiomen entlehnte, auf jeden Fall in der verwendeten Sprache zuvor *nonexistente*, ohne Erklärung. Im ersten Kapitel mit geringen Anforderungen beginnen, den Anteil neuer Vokabeln bei zehn Prozent halten, durchschaubare Neologismen verwenden; dann, im Laufe des Buches, den Schwierigkeitsgrad steigern, erfundene Verlan-Dreher und schräge Übersetzungen einfließen lassen, immer weiter ins Reich obskurer Neuschöpfungen abgleiten. Deren Anteil erhöhen, von Kapitel zu Kapitel, zwanzig Prozent im zweiten, dreißig im dritten und so weiter, bis hundert Prozent im zehnten Kapitel. Am Ende lückenlos Unaussprechliches, Zertüfteltes und Ungewortetes aneinanderreihen. Die Handlung kann zur Entlastung vorab auf einem Zettel notiert werden oder ausbleiben.

anknüpfend: → *30) Rhabarber* → *46) Namhafter Besitz* → *48) Ungefähr bunt*

46
Namhafter Besitz

vorbereitend: → *11) Humanistisch* → *42) Vice Versa*

Jeden Gegenstand, den man besitzt, individuell benennen, zusätzlich zur gängigen industriellen Bezeichnung, Vor- und Zunamen geben, eventuell Adelstitel und akademischen Grad dazu, Geschlecht und Familienstand; Biografie und Psychologie entwerfen samt kulinarischen, ästhetischen, sexuellen Vorlieben, weltanschaulichen Überzeugungen. Freundesgruppen, Ehepaare, Feindschaften und gemeinsame Interessen unter den Gegenständen ausmachen. Lebensläufe, Beziehungen, Konflikte und individuelle Lösungsstrategien der Gegenstände notieren.

anknüpfend: → *16) Know-how* → *55) Reliquien* → *61) Reinkarniert*

47
Dampfmaschinendynamischwortgläubig

vorbereitend: → *4) Jungbrunnen* → *11) Humanistisch*

Einen dynamischen Roman schreiben, in dem die Hauptfigur von Kapitel zu Kapitel, von Seite zu Seite, von Satz zu Satz einen anderen Namen trägt, als Sinnbild ihrer persönlichen Anteilnahme am Geschehen und der andauernden Wahrheitssuche in den Konflikten. Eventuell die Namen nach einem zu definierenden Muster vergeben: mathematisch kodiert – eine unendlich fortsetzbare Zufallsfunktion, die mit Telefonbucheinträgen, einem Lexikon oder dem Zettelkasten aus → *Humanistisch* verbunden ist –, situationsmetaphorisch – die Hauptfigur, die gerade befördert wurde, die ein Kind zur Welt gebracht und sich selbst übertroffen hat, nach einer mythischen Gestalt benennen – oder kontrapunktisch – nach einem Schicksalsschlag und tiefen Einblicken in die eigene Persönlichkeit diese Figur mit dem Namen eines Clowns, eines Hanswursts, eines verrückten Eremiten versehen. Allmählich das Verfahren auf Nebenfiguren, Orte und Gegenstände ausweiten.

anknüpfend: → *38) Randomly riechen* → *42) Vice Versa* → *43) Polysem* → *61) Reinkarniert*

48

Ungefähr bunt

vorbereitend: → *28) Minimalwelt*

Sich an einen Ort begeben, in einen geschlossenen Raum oder eine freie Landschaft, das Blickfeld einschränken – starre Kopfhaltung, camera obscura, geschlossene Zimmertür, Fensterrahmen, imaginierte Fotoränder – und notieren: alle sichtbaren Farbnuancen. Für schwer bezeichenbare Farben Namen erfinden, ultralachsorange und muffellilakönigsblau, schwagrünockel und bleigemont, keine Nuance auslassen, jeder einen Namen geben. Sobald das Benennen abgeschlossen ist, quantifizieren: Wie präsent ist jede Farbe, wie viel Prozent der sichtbaren Fläche nimmt sie ein? Anschließend ein Kuchendiagramm bestellen: Die quantifizierte Farbauflistung ohne Erläuterung der erfundenen Farbnamen einem Grafiker geben, um eine akkurate Darstellung bitten. Das so entstandene Werk als Buchumschlag verwenden, an eine Galerie verkaufen, ins Arbeitszimmer hängen. Den Ort, an dem sich das Diagramm befindet, mit allen Farbnuancen beschreiben, einschließlich derjenigen des Diagramms, Farbnamen erfinden, ihre Präsenz quantifizieren und erneut eine Grafik in Auftrag geben.

anknüpfend: → *12) Alles an seinem Platz* → *44) Puzzle* → *45) Hundertprozentig*

49
Hiob

vorbereitend: → *24) Genesis* → *41) Gut und Böse*

Eine Erzählung um eine sympathische Hauptfigur aufbauen und nach einer kurzen Einführung eine Amokfahrt durch ihr Leben beginnen: Kleine Zufälle einstreuen und das Unglück ins Rollen bringen – mit dem Verlust eines Knopfes, einer Kreditkarte ohne Abhebungslimit –, überraschende Zwischenfälle häufen – der Anruf aus dem Krankenhaus, der Vater der Figur habe einen Unfall erlitten, die Partnerin eine Fehlgeburt, das Kind sei unheilbar krank; die plötzliche Kündigung, Berufsunfähigkeit, Impotenz, Verstümmelung –, eine apokalyptische Stimmung schaffen, die Figur mit Betrug und Verrat quälen, unbeirrt Katastrophe um Katastrophe über sie hereinbrechen lassen und wie ein Kartenhaus wegfegen, woran sie sich festhielt: Familie, Freunde, Haus, Beruf. Alles zerstören.

anknüpfend: → *5) Anorexie* → *25) Konsequent* → *64) Trennungen*

50
Pathos

vorbereitend: → *17) Weltgeschichte*

Unter den Sternen liegen, die Jahrtausende alten Bilder auf sich wirken lassen und sich vorstellen, welche Geschichten hier erzählt wurden, unter genau dieser Sternenkonstellation, unter jenem Bild, vor hundert, vor tausend Jahren, vor Christus und überhaupt, als Menschen noch in Höhlen wohnten; notieren, was erzählt wurde, wie, von wem, wie vielen, an genau diesem Fleck. Sobald eine Ahnung von den Geschichten und den Erzählsituationen entstanden ist, innehalten; oben zwischen den Sternen das schwebende Licht eines Flugzeugs erkennen, seine langsame, ferne und einsame Bewegung. Sich vorstellen, wie darin jemand steht, sieben Kilometer höher, genau in diesem Moment, im grellen elektrischen Licht, müde, mit kranker Gesichtsfarbe, sich im Spiegel betrachtet, den Arm ausstreckt, einen Finger an die Wand legt und den Spülknopf drückt.

anknüpfend: → *51) Lösung für alles* → *56) Intergalaktisch* → *64) Trennungen*

51

Lösung für alles

vorbereitend: → *11) Humanistisch* → *50) Pathos*

Einen herausragenden philanthropischen Akt unternehmen: Große, immer wiederkehrende Fragen nach Schlagwörtern alphabetisch geordnet aufführen und als das entlarven, was sie sind – müßig, weil unbeantwortbar, unnütze Sorgen, Verschwendung von Zeit und Energie. Dann die aufgelisteten Fragen klar, akkurat und zweifelsfrei beantworten: Auf die Frage, gibt es einen Gott, eine schlichte Antwort, nein, was wird aus mir nach meinem Tod, eindeutig, Mickey Mouse, ein blinkender Weihnachtsbaum und so weiter. Sachlich und direkt ein für alle Mal abtun, was sich seit ein paar Jahrtausenden an Produktivitätsbremsen angesammelt hat. Die Menschheit von allen Sorgen befreien, damit sie sich vollends aufs Wesentliche konzentrieren kann: das Tun im Hiesigen. Auf den Nobelpreis für Wirtschaft hoffen.

anknüpfend: → *33) Psychorembel* → *52) Erschöpfung* → *64) Trennungen*

52
Erschöpfung

vorbereitend: → *51) Lösung für alles*

Sich – beim Sprechen, beim Lachen, beim Singen, beim Radfahren, beim Rennen, beim Nölen, beim Streben, beim Lesen, beim Perfektionieren, beim Grübeln, beim Erzählen, beim Notgroschenfinden, beim Gucken, beim Stöbern, beim Aufheitern, beim Fernsehen, beim Telefonbuchblättern, beim Segeln, beim Melken, beim Raten, beim Waschen, beim Bügeln, beim Wandern, beim Liegen, beim Rasen, beim Gehen, beim Streiten, beim Sichaufopfern, beim Genughaben, beim Kinderkriegen, beim Zeichnen, beim Lachen, beim Sprechen – erschöpfen. Von vorn beginnen.

anknüpfend: → *3) Backup* → *64) Trennungen* → *65) Beschreibung einer Schneeflocke*

53
Filter

vorbereitend: → *39) Your Way* → *42) Vice Versa*

Ein freies Kommunikationssystem stören, etwa so: Die Post eines Bergdorfes abfangen – jeden Morgen dem Postboten die Briefe abnehmen und sie durch andere ersetzen, ihm auflauern, ihn überwältigen, bestechen, bedrohen, durch subtile Einflussnahme bewirken, dass der Postbote die Idee von sich aus verwirklicht, selbst der Postbote sein, gezielt eingeschleust –, auf diese Weise veränderte, umgeschriebene und neue Briefe in Umlauf bringen, von unveränderten, vertauschten und frei erfunden Absendern; ebenso die ausgehende Post manipulieren, aus Zusagen Absagen formulieren, Bestellungen in Stornierungen verwandeln, Beschwerdebriefe durch Lobeshymnen ersetzen, sie an andere, erfundene und gleich gebliebene Empfänger richten. Wenn die Methode glückt, den Austausch mit der Außenwelt auf eine weitere Art stören, zum Beispiel den Währungsfluss, die Wasserver- und -entsorgung, den Personenverkehr kappen; durch ein System von Fallen, Umleitungen, Unterbrechungen der Kabel, Gleise, Straßen, Flüsse und Flugbahnen das Bergdorf nach und nach isolieren. Eine Insel der Unwissenden und Missverstandenen schaffen. Eine anthropologische Studie zu kulturellen Eigenheiten und deren Entstehungsbedingungen im Bergdorf verfassen.

anknüpfend: → *17) Weltgeschichte* → *24) Genesis*→ *54) Sabotage*

54
Sabotage

vorbereitend: → *24) Genesis* → *53) Filter*

Kleine und große Selbstverständlichkeiten unterminieren. Zur Vorbereitung einen geeigneten Posten einnehmen – Reporter einer Zeitung, Radiosprecherin, Nachrichtenredakteur, Verleger, Werbetexterin, Gesellschaftsdame. Dann diskret und möglichst unbemerkt in die reale Welt eine Attrappe einschleusen, die den bisherigen Lauf der Dinge zunächst nicht behindert und möglichst schwer zu entlarven ist: Eine fiktive Firma erschaffen, eine pazifische Ferieninsel, ein kleines EU-Land an der Grenze des Staatenbundes, einen neuen Planeten am äußersten Ende des Sonnensystems. Die Attrappe wiederkehrend in Nachrichten, Reportagen, Sachbüchern, Werbesprüchen und Gesprächen erwähnen. Allmählich der Fiktion Dynamik und Relevanz für den Alltag verleihen – die fiktive Firma bankrott gehen lassen und einen mittleren Börsencrash herbeireden; das kleine Land am Rande des Staatenbundes in einen Krieg mit seinem großen, ebenfalls fiktiven Nachbarland verwickeln, so dass ein Einschreiten der internationalen Gemeinschaft nötig erscheint; den Planeten als feindliches Raumschiff oder als radioaktiven Kometen erkennen, die auf die Erde zurasen. Voller Überzeugung die jeweilige Fiktion als wahr vertreten, jede angestrebte Richtigstellung mit dem Hinweis auf den Versuch einer Zensur abtun, sanft und stetig daran arbeiten, den Ausnahmezustand herbeizuführen.

anknüpfend: → *12) Alles an seinem Platz* → *17) Weltgeschichte* → *40) Tee* → *45) Hundertprozentig*

55
Reliquien

vorbereitend: → *3) Backup* → *11) Humanistisch* → *35) Puzzle-Körper* → *46) Namhafter Besitz* → *61) Reinkarniert*

Alle Dinge auflisten, die den eigenen Körper im Laufe des Lebens berührt haben – beginnen mit dem Handschuh der Hebamme, mit Namensschild und Kinderbett im Krankenhaus, Strampelanzug, Schnuffeltuch, Plastikwand der ersten Badewanne, Bilderbuch, Baukran, Eisbecher verschiedener Eisdielen, dann Türklinke in der Wohnung eines Freundes, Socken an den Füßen und Stift in der Hand –, auch die Gegenstände einschließen, die verkauft, verschenkt, recycelt wurden oder verschollen sind, deren Berührung man sich unbemerkt erschlichen hat: der Bleistiftanspitzer einer Freundin, der Schutt auf einer Baustelle, das Ölgemälde in einer Galerie, das Tagebuch der Mutter. Das Volumen jedes Gegenstands schätzen und notieren. Sobald die Dinge, die den eigenen Körper berührt haben, erfasst sind, eine ähnliche Liste für einen anderen Menschen erstellen, zum Beispiel Mutter, Vater, Geschwister; Menschen der weiteren Verwandtschaft und des engeren Freundeskreises, Bekannte und Arbeitskollegen; Menschen, die man kannte, deren Spur man verloren hat, die verstorben sind, die man nie getroffen hat, jedoch gerne gekannt hätte. Den Kreis weiter ausdehnen, Menschen aufnehmen, deren Existenz man nur vermutet, anhand des Telefonbuchs oder eines Zeitungsartikels feststellt, weiter, bis die Stadt, das Land, der Staatenbund erfasst sind, plus die übrigen Länder mit all ihren Bewohnern, nicht zu vergessen historische Persönlichkeiten und deren Zeitgenossen, bekannte und vermutete, zurückreichend bis zur Geburt Jesu Christi und davor. Sobald das Ende der Menschheit erreicht ist, die Listen fortsetzen, für Vorfahren der Menschen und Grenzfälle, Affenmenschen, Menschenaffen sowie Affen überhaupt. Anschließend Tiere berücksichtigen, die mit den Menschen in Symbiose leben, die von ihnen ausgebeutet werden, bis zum Anfang der Geschichte der Haus- und Nutztierhaltung, dann die übrigen Tiere aufnehmen, zunächst die großen Karnivoren, dann die großen Herbivoren, danach die mittleren, immer weiter bis zu den beinahe unsichtbaren, mikroskopischen. Schließlich Listen für Pflanzen erstellen – die Staubpartikel, die sich auf ihre Blätter gelegt haben; die Gegenstände, die sie im Laufe ihres Wachstums berührt haben, an denen sie empor gerankt sind –, dann für Einzeller und für Grenzfälle. Am Ende allen erdenklichen Lebens der Erde angelangt, die Listen zusammenfassen: Das Volumen der gesamten Materie, die einmal von Leben berührt wurde, addieren. Ihr Verhältnis zum Erdvolumen ausrechnen.

anknüpfend: → *56) Intergalaktisch* → *57) Stafettenlauf* → *58) Reversum* → *60) Was wäre, wenn ...* → *64) Trennungen*

56

Intergalaktisch

vorbereitend: → *50) Pathos* → *55) Reliquien*

Auf der Suche nach der Materie, die mit Leben in Berührung gekommen ist, die Erdoberfläche verlassen und die → *Reliquien*-Liste vervollständigen: Bakterien und Viren berücksichtigen, die durch Flugzeuge in die Atmosphäre getragen wurden; den Spuren von Astronauten zum Mond folgen, denen eines Weltraumteleskops und einer Sonde auf dem Mars. Eventuell früheres marsianisches Leben einbeziehen sowie vorstellbare Lebensspuren auf anderen Planeten des Sonnensystems. Dieses dann verlassen, zur Nachbarsonne Proxima Centauri reisen, im restlichen Sternsystem Alpha Centauri und den übrigen Konstellationen der Lokalen Flocke weitersammeln, die Liste ausweiten auf Lebensspuren in der Lokalen Blase, in der benachbarten Blase Loop I und den übrigen Blasen im Orionarm, auf die benachbarten Perseus- und Sagittariusarme springen, dann auf die anderen Arme der Milchstraße, Norma und Scutum-Crux, den zentralen Balken nicht vergessen, und durch die Zwerggalaxien um die Milchstraße weiter, zur Andromeda-Galaxie, zu den anderen Galaxien der Lokalen Gruppe, dann zu benachbarten Galaxienhaufen, durch den gesamten Lokalen Superhaufen weiterreisen zum Coma-Superhaufen, zum Leo-Superhaufen, zu den hundertdreißig anderen bekannten Superhaufen und zum Großen Attraktor. Eine vollständige Liste der vom Leben berührten Materie erstellen, einschließlich der Berührungen mit vermuteten, vorstellbaren oder wünschenswerten Lebensformen. Die Liste durchgehen, Doppelungen streichen, Versäumnisse aufheben. Das Volumen der gelisteten Materie zusammenfassen und ausrechnen, welchen Anteil es am Volumen des Universums hat.

anknüpfend: → *20) Statistik* → *58) Reversum*

57

STAFETTENLAUF

vorbereitend: → *55) Reliquien*

Anhand von Überschneidungen in → *Reliquien* einen Mordplan entwerfen. Beobachten, welche Gegenstände durch besonders viele verschiedene Hände gehen, unter ihnen ein geeignetes Mordwerkzeug ausmachen und willkürlich ein Opfer wählen. Dann eine perfekte Kette konstruieren, die den Beteiligten selbst verborgen bleibt, den Gegenstand – möglichst oft und unbemerkt auf verschlungenen Pfaden und großen Umwegen – den Besitzer wechseln lassen, ihn als Tötungswaffe einsetzen und anschließend spurlos den Blicken entziehen. Einen undurchsichtigen Fall entwickeln, möglichst ohne erkennbares Motiv.

anknüpfend: → *13) Zehn mal zehn* → *17) Weltgeschichte* → *44) Puzzle* → *49) Hiob* → *61) Reinkarniert*

58
REVERSUM

vorbereitend: → *56) Intergalaktisch*

Sich eine Welt ausdenken, in der die Anteile der vom Leben berührten und unberührten Materie verkehrt sind: Der industriell hergestellte Schuh, dessen Leder durch zahlreiche Hände geht, bevor es den endgültigen Besitzer erreicht, der Stein, der vom umgebogenen Ast einer Urwaldpflanze im Wind gestreift wird, die Raumsonde, die die Spuren menschlicher Berührungen in den Weltraum trägt, sind nie in Kontakt mit Leben gekommen, während das flüssige Zentrum der Erde, die drückende Gasschicht Jupiters und ein umher fliegender Brocken Gestein im Perseusarm auf das Innigste mit dem Leben verflochten sind. Entsprechende Vorkommen und Formen des Lebens entwerfen, seine Bedingungen neu definieren.

anknüpfend: → *41) Gut und Böse* → *42) Vice Versa* → *59) Neue Werbung* → *60) Was wäre, wenn …*

59
Neue Werbung

vorbereitend: → *1) Antiliste* → *42) Vice Versa* → *58) Reversum*

Einen Markt für umgekehrte Körper-, Schönheits- und Hygieneideale erfinden. Einige davon exemplarisch herausgreifen – frühe Alterung der Haut, sichtbare und schmerzhafte Haltungsschäden, ungewöhnlich starker Körpergeruch, völlig verdreckte Umgebung –, zugehörige Produkte samt Markennamen und Werbesprüchen erfinden – Runzelwunder, der effizienteste Faltengenerator, seit es UV-Strahlen gibt; Poppis Polsterung und der aufrechte Gang ist von gestern; die Abgaseschlacksprühfontäne für dauerhafte, geruchsintensive Verschmutzung –, im Anzeigenteil der Lokalzeitung anpreisen.

anknüpfend: → *24) Genesis* → *34) Industrialisierung* → *51) Lösung für alles*

60
Was wäre, wenn ...

vorbereitend: → *6) Wer, wie, was?* → *40) Tee*

Das eigene Leben betrachten und sich fragen: Wann hätte es anders gehen können, wie hätte es kommen können, wäre diese Entscheidung, jener Umstand, solches Vorzeichen anders gewesen? Wo hätte die Veränderung hingeführt, wie hätte sie mich beeinflusst, wer wäre ich jetzt? Zunächst an allen wichtigen Weichenstellungen haltmachen, überlegen, was die Alternativen gewesen wären. Den Fragen akribisch nachgehen, in der Gegenwart beginnen und kontinuierlich zurückschreiten bis zum Tag der Geburt. Anschließend jeden Entscheidungsmoment Revue passieren lassen, auch schnellst getroffene, banalste Entscheidungen berücksichtigen, Handlungen und Festlegungen, die bisher nie in Zweifel gezogen wurden: das reflexmäßige Zurückziehen der Finger von einem Elektrozaun, den ersten Lidschlag. Ebenso Ereignisse vor der Geburt – im Bauch der Mutter, im Hodensack des Vaters – und solche, die noch weiter zurückliegen, einbeziehen – die Begegnung der Großelternpaare und die Möglichkeit ihrer Nichtbegegnung, die Vorstellung, wie sie ihre Leben gestaltet hätten, wenn ein Krieg verhindert, eine Wirtschaftsflaute ausgeblieben oder eingetreten, eine Sonnenfinsternis unmöglich lang gedauert hätte. Sich fragen: Wann setzten die mich betreffenden Ereignisse ein?

anknüpfend: → *61) Reinkarniert* → *63) Sprachkloster*

61

Reinkarniert

vorbereitend: → *57) Stafettenlauf*

Eine Geschichte der vormals eigenen Körper schreiben, ausgehend vom Glauben, dass die menschliche Hülle nur eine Durchgangsform unter vielen darstellt. Die Wanderung der eigenen Seele vom Beginn der Menschheit bis zum jetzigen Zeitpunkt vollständig erfassen, wie einen → *Stafettenlauf*, ohne eine Station auszulassen – Kartoffelkäfer, Lurch, Antilope, Mammut, Assel, Springspinne, Faultier –, die Kette der Reinkarnationen mit Angaben zu den einzelnen Körpern auflisten – genaues Geburts- und Sterbedatum, nach christlicher, nach buddhistischer, nach muslimischer Zeitrechnung, Ort des Aufenthalts, Hauptbeschäftigung, Lebensziel und -werk –, auf DIN-A-4-Blätter schreiben, zehn Existenzen je Blatt. Einen kleinen Raum mieten und die Zettel dort stapeln.

anknüpfend: → *31) Brücken*

62

Sprachreinigung

vorbereitend: ⟶ *9) Politisch korrekt* ⟶ *22) Politopsychose*

Ein Lexikon der vorbelasteten Wörter anlegen, die es zu vermeiden gilt. Historisch abgenutzte, ver- und missbrauchte Wörter und Abkürzungen auflisten, sie in einer knappen Erläuterung als unverwendbar darstellen, den historischen Kontext von Unterdrückung, Gräueltaten, Unrecht aufrufend. Beginnen mit den zwingenden, unausweichlichen Beispielen aus der Geschichte der beiden vorangegangenen Generationen, dann die weiter entfernte Vergangenheit berücksichtigen, an die Anfänge der Sprache zurückgehen. Schließlich den Sprachumgang der eigenen Generation und die darin enthaltenen Ausdrücke von Machtverhältnissen, Beschönigungen, Unterstellungen, Abwertungen, Verleumdungen und unzutreffenden Verbindungen analysieren, sich gewissenhaft vorarbeiten zu den weniger offensichtlichen Fällen von Verfremdung und Sinnverschiebung, Wort um Wort, Abkürzung um Abkürzung entlarven, jeden auch nur zweifelhaft gewordenen Ausdruck aus dem verwendbaren Sprachschatz abziehen und in das Lexikon aufnehmen, bis dort jedes verfügbare Wort seinen Platz gefunden hat.

anknüpfend: ⟶ *63) Sprachkloster* ⟶ *64) Trennungen* ⟶ *65) Beschreibung einer Schneeflocke*

63
Sprachkloster

vorbereitend: → *9) Politisch korrekt* → *62) Sprachreinigung*

Das eigene Leben vollkommen nach sprachlichen Kriterien einrichten. Freunde anhand von Anfangsbuchstaben – höchstens eine engere Bekanntschaft oder Freundschaft je Buchstabe – und Anagrammbildungen auswählen, entsprechende Freundschaften besonders pflegen – zu Iosef und Sofie, zu Anna und Nana und so weiter. Einem Verein beitreten, dessen Kürzel die → *Sprachreinigung* überstanden hat, oder einen Verein gegen sprachliche Umweltverschmutzung und für linguale Harmonie gründen. Beim Einkauf darauf achten, sprachlich möglichst reine Ware zu erwerben – Lebensmittel und Kleidungsstücke, die weder einen dubiosen Namen tragen noch in Verbindung mit sprachmissbrauchender Werbung stehen –, im Zweifelsfall Konsumverzicht üben, selbst anbauen, nähen, stricken, kochen. Das Schreiben nicht vergessen.

anknüpfend: → *16) Know-how* → *17) Weltgeschichte* → *52) Erschöpfung*

64

Trennungen

vorbereitend: → *1) Antiliste* → *3) Backup* → *13) Zehn mal zehn* → *18) Fünf mal fünf durch fünf* → *20) Statistik* → *21) Ordentlich* → *24) Genesis* → *32) Quintessenz* → *34) Industrialisierung* → *36) Skalieren* → *39) Your Way* → *42) Vice Versa* → *49) Hiob* → *50) Pathos* → *51) Lösung für alles* → *52) Erschöpfung* → *53) Filter* → *55) Reliquien* → *58) Was wäre, wenn ...*

Sich im Töten üben: Das Ticken einer Taschenuhr, das Wort *Dschandschawid*, die Mitgliedskarte eines esoterischen Vereins, eine Spinnwebe, etwas Schuhcreme, ein Satzzeichen, ein neues Stück Erdoberfläche, das Gefühl von Sonnenstrahlen auf geschlossenen Augenlidern, Gott, das Märchen von der Pizzabestellung, das Telefon, die Haarbürste, die Kreditkarte ohne Abhebungslimit, das schwebende Licht eines Flugzeugs, Mickey Mouse, das Lachen, ein Bergdorf, ein Schnuffeltuch, die Möglichkeit einer Nichtbegegnung, den zentralen Satz loslassen, aussondern, beseitigen, zertreten, vernichten, entfernen, vergiften, erschlagen, wegkehren, vertuschen, verrinnen und versiegen lassen, totschlagen, überfahren, erschießen, ausmerzen, in die Luft sprengen, entzünden, ertränken, dem Meer, der Ewigkeit, dem Nichts übergeben, erwürgen, aufschlitzen, harpunieren, köpfen, schreddern, verfliegen und verstreichen lassen, von der Landkarte streichen, auflösen, zersetzen, ziehen lassen. Streichen lernen.

anknüpfend: → *65) Beschreibung einer Schneeflocke*

65

Beschreibung einer Schneeflocke

anknüpfend: → *66) Das Original*

66

Das Original

vorbereitend: → *1) Antiliste* → *2) Tagessätze* → *3) Backup* → *4) Jungbrunnen* → *5) Anorexie* → *6) Wer wie was* → *7) Bis ans Lebensende* → *8) Alphabet der Angst* → *9) Freigang* → *10) Politisch korrekt* → *11) Humanistisch* → *12) Alles an seinem Platz* → *13) Zehn mal zehn* → *14) Man nehme* → *15) Geehrtes Publikum* → *16) Know-how* → *17) Weltgeschichte* → *18) Fünf mal fünf durch fünf* → *19) Fünf mal fünf durch fünf plus eins* → *20) Statistik* → *21) Ordentlich* → *22) Politopsychose* → *23) Psychopsychose* → *24) Genesis* → *25) Konsequent* → *26) Zeitraum* → *27) Lipoproku* → *28) Minimalwelt* → *29) Würfeln* → *30) Rhabarber* → *31) Brücken* → *32) Quintessenz* → *33) Psychorembel* → *34) Industrialisierung* → *35) Puzzle-Körper* → *36) Skalieren* → *37) Oh Tannenbaum* → *38) Randomly riechen* → *39) Your Way* → *40) Tee* → *41) Gut und Böse* → *42) Vice Versa* → *43) Polysem* → *44) Puzzle* → *45) Hundertprozentig* → *46) Namhafter Besitz* → *47) Dampfmaschinendynamischwortgläubig* → *48) Ungefähr bunt* → *49) Hiob* → *50) Pathos* → *51) Lösung für alles* → *52) Erschöpfung* → *53) Filter* → *54) Sabotage* → *55) Reliquien* → *56) Intergalaktisch* → *57) Stafettenlauf* → *58) Reversum* → *59) Neue Werbung* → *60) Was wäre wenn ...* → *61) Reinkarniert* → *62) Sprachreinigung* → *63) Sprachkloster* → *64) Trennungen* → *65) Beschreibung einer Schneeflocke*

Ein Buch zu möglichen Schreibvorhaben verfassen. In kurzen Anleitungen beschreiben, wie Texte entlang strenger Schreibregeln hergestellt werden können, diese Einträge katalogartig verschlagworten, mit lexikonmäßigen Verweisen untereinander. Im Selbstversuch prüfen.

Inhalt

Dank

Für Rat und Unterstützung dankt die Autorin Stephan Porombka und Hanns-Josef Ortheil. Wertvolle Hinweise für das vorliegende Buch kamen von Christian Breider, Rebecca Anna Fritzsche und Katharina Bendixen. Besonderer Dank gilt Gerlind und Klaus Gruber sowie Britta Loebell.

Literaturhinweis

Einige Texte greifen Verfahren oulipeischer Werke und Techniken auf (mehr zu Oulipo: www.oulipo.net). »Brücken« bezieht sich auf das Verfahren der *littérature sémo-définitionnelle*, das von Georges Perec und Marcel Bénabou entwickelt wurde.